Vente du Lundi 17 Novembre 1879.

HOTEL DROUOT, SALLE N° 3

TABLEAUX MODERNES

ET

ANCIENS

EXPOSITION PUBLIQUE

Le Dimanche 16 Novembre 1879

DE UNE HEURE A CINQ HEURES

COMMISSAIRE-PRISEUR
Me CH. PILLET
10, rue de la Grange-Batelière.

EXPERT
M. E. FÉRAL, Peintre,
54, rue du Faubourg-Montmartre.

CATALOGUE

DE

TABLEAUX MODERNES

ET

ANCIENS

DONT LA VENTE AURA LIEU

HOTEL DROUOT, SALLE N° 3,

Le Lundi 17 Novembre 1879,

A DEUX HEURES.

Par le ministère de **Me Charles PILLET**, Commissaire-Priseur,
10, rue de la Grange-Batelière,

Assisté de **M. E. FÉRAL**, Peintre-Expert, 54, Faubourg-Montmartre,

Chez lesquels se trouve le présent Catalogue.

EXPOSITION PUBLIQUE : Le Dimanche 16 Novembre 1879,

de une heure à cinq heures.

CONDITIONS DE LA VENTE

Elle sera faite au comptant.

Les adjudicataires payeront *cinq pour cent* en sus des enchères.

Paris. — Typ. PILLET et DUMOULIN, 5, rue des Grands-Augustins.

DÉSIGNATION

TABLEAUX MODERNES

ALIGNY

1 — Étude d'arbres.

Forêt de Fontainebleau.

ALIGNY

2 — Étude d'arbres et rochers.

Forêt de Fontainebleau.

ALIGNY

3 — Études de paysages.

Cinq études.

ANTIGNA

4 — Les Cardeuses.

ANTIGNA

5 — Une Ferme.

Étude.

ARTAN (H.)

6 — Paysage montueux.

BARBET

7 — Caravane aux environs du Caire.

BERGERET

8 — Paysage avec cavaliers.

BOCAS

9 — Le Pêcheur à la ligne.

BOULANGER (LOUIS)

10 — Femme mauresque.

COIGNARD (L.)

11 — Animaux au repos dans un paysage.

COIGNARD (L.)

12 — Animaux au pâturage.

COROT (genre de)

13 — Paysage.

DECAN (EUGÈNE)

14 — Pâturage.

DELACROIX (d'après)

15 — Le Tigre.

DELAMARRE (THÉODORE)

16 — Le Cabaret.

DE VOS

17 — Le Chenil.

DONNY (N.)

18 — Marine.

Effet de clair de lune.

DOYEN (P.)

19 — Nymphe et Amour.

DOYEN (P.)

20 — Dessous de bois.

DRABBIN

21 — La Diligence.

DROUIN

(DEUX PENDANTS)

22 — Paysage et Marine.

Daté 1867.

DUBOIS

23 — Portrait de femme.

DUBOIS (LOUIS)

24 — Plage.

DUCORNET (CH.)

25 — Portrait de l'artiste.

DUCORNET (CH.)

26 — Enfant endormi.

DUCORNET (CH.)

27 — Le Retour.

Dessin à la mine de plomb.

DUMONT (F.)

28 — Les Musiciens.

DURAND BRAGER

29 — Mer houleuse.

DURAND BRAGER

30 — L'Arrivée du paquebot.

DURAND BRAGER

31 — Port en Orient.

DURAND BRAGER

32 — Marine et Rochers.

DURAND BRAGER

33 — Plage, marée montante.

Esquisse.

ENGLER

34 — Troupeau de sangliers.

Effet de neige.

ENGLER

(DEUX PENDANTS)

35 — Maisons.

Études.

ENGLER

36 — Étude d'arbres.

ENGLER

37 — Chevaux effrayés par un chien.

ENGLER

38 — Cheval au galop.

ENGLER

39 — Cheval blanc.
Étude.

GAMAIN (L.)

40 — Marine. — Clair de lune.
Effet d'orage.

GOSSELIN

41 — Marine. — Vue sur l'Escaut.

HAGOLSTEIN

42 — Les Bulles de savon.

HEGHE (J. VAN)
(DEUX PENDANTS)

43 — Berger et Bergère ramenant des moutons.

HUGARD

44 — Vue d'Ermenonville.

JACOBS (Mlle)

45 — L'Étable.

JACOBS (Mlle)

46 — Fruits et Fleurs.

LACROIX (GASPARD)

47 — Les Baigneuses.

LAMPE

48 — La Leçon de piano.

LAZERGES (HIPPOLYTE)

49 — Femme arabe portant une cruche.

Daté d'Alger, 1877.

LEIKERT

50 — Maison hollandaise.

Effet de neige.

LENOIR

51 — Une Rue de Constantinople.

MAINCENT (GUSTAVE)

52 — Paysage.

MARCHAL (E)

53 — Port de mer.

MIBLET

54 — Paysage (soleil couchant).

MONOGRAMME N. J. H.

55 — Cuisinière se tirant les cartes.

MOULLION

56 — Le Cours d'eau.

MOULLION

57 — Le Chemin du cabaret.

MUNOZ

58 — Sentinelle arabe à la porte d'une mosquée.

OFFELDT

59 — Ville hollandaise.

PANTELLI

60 — Paysage.

POTÉMONT

61 — Le Jardin.

RAGOT (JULES

62 — La Sortie du bal.

RAGOT (J.)

63 — La Liseuse

RAGOT (J.)

64 — Femme arabe.

RAGOT (J.)

65 — Fleurs.

RAGOT (J.)

66 — Entrée de village.

RIANCHET (J.)

67 — Le Moulin.
Daté 1870.

RYBAU

68 — Jeune Femme jouant avec un chat.

SAINT-FERRÉOL

69 — Paysage avec ruines.

SCHNEYDER

70 — L'Automne.

Forêt de Fontainebleau.

STEVENS (J.)

71 — Jeune Femme vêtue d'une robe en soie bleue.

Daté 1873.

TEN KATE (attribué à JAN)

72 — La Lecture de la *Gazette*.

VAN LAAS

73 — Plage à marée basse.

VERMEULEN

74 — Marine.

VERMEULEN

75 — Paysage.

Clair de lune.

VISCONTI (F.)

76 — Traîneau russe suivi par des loups.

Effet de neige.

VISCONTI (F.)

(DEUX PENDANTS)

77 — Paysages.

IZQUIERDO

78 — La Marchande de légumes.

ÉCOLE MODERNE

79 — Chevaux traînant des arbres coupés.

ÉCOLE MODERNE

80 — Chiens au repos.

ÉCOLE MODERNE

81 — Paysage.

ÉCOLE MODERNE BELGE

82 — L'Adoration des bergers.
Effet de lumière.

INCONNU

83 — Villageois mangeant leur soupe.

INCONNU

84 — Un Marché, près Naples.

INCONNU

85 — Moines distribuant des vivres.

TABLEAUX ANCIENS

GUASPRE

86 — Paysage. — Soleil couchant.

HUYSMANS (genre de)

87 — Paysage avec cascades.

LE PRINCE (attribué à J. B.)

(DEUX PENDANTS)

88 — Paysages et Villageois près d'une ferme.

PALAMÈDES

89 — Bataille.

PATEL (genre de)

90 — Ruines au bord de la mer.

SEGHERS (genre de DANIEL)

91 — La Vierge et l'enfant Jésus entourés de fleurs.

UDEN (LUCAS VAN)

92 — Paysage avec figures et animaux.

VENNE (genre de VAN DER)

93 — Paysage avec cavaliers et chariots.

VIGNON-CLAUDE

94 — Tarquin et Lucrèce.

VIGNON-CLAUDE

PENDANT DU PRÉCÉDENT)

95 — Sujet tiré de l'histoire romaine.

ÉCOLE ALLEMANDE

96 — La Vierge et l'enfant Jésus.

ÉCOLE FRANÇAISE

97 — Personnages de la Comédie italienne.

ÉCOLE HOLLANDAISE

98 — Portrait de femme.

ÉCOLE ITALIENNE

99 — Les Horaces et les Curiaces.

100 — Sous ce numéro seront vendus quelques tableaux non catalogués.

www.ingramcontent.com/pod-product-compliance
Lightning Source LLC
LaVergne TN
LVHW050230180726
843501LV00013BA/3729

* 9 7 8 2 3 2 9 6 3 1 3 0 1 *